L'EXILÉ.

POÈME

PAR

Mlle CL. FILLEUL DE PÉTIGNY.

> Qui n'aime point sa patrie ne peut rien aimer.
>
> BYRON.

PARIS.

PICARD, LIBRAIRE-ÉDITEUR,

Rue Dauphine, N° 26.

—

1840.

PARIS. — IMPRIMERIE DE POMMERET ET GUÉNOT,
Rue Mignon, 2.

I.

La Déportation.

Arbitres de mon sort, ah ! commuez ma peine !
A l'exil sans retour je préfère un tombeau ;
Délivrez-moi du poids de cette horrible chaîne ,
Ou plongez dans mon sein le glaive du bourreau.

Mourir n'est rien ; pourvu qu'à mon heure suprême
Je puisse saluer encor
Cette France adorée où vit tout ce que j'aime ;
Vers le Ciel, résigné, je prendrai mon essor.

Mais que ma dépouille mortelle
Repose aux champs de mes aïeux ;
Qu'une mére, un ami fidéle
Puisse y verser des pleurs pieux.

Eh quoi ! vous repoussez mes larmes, ma priére !
     Rien ne saurait vous attendrir ;
Le malheureux, en vain, le front dans la poussiére,
     Vient à vos pieds supplier et gémir ;
Sa stérile douleur et sa voix importune
Ne font que redoubler votre férocité ;
Il faut avoir souffert pour plaindre l'infortune,
Et vous n'avez connu que la prospérité !.....

Et déjà de sa main l'agile Néréïde
     Entraîne le vaisseau rapide ;
La terre disparaît à mes yeux éperdus !....
     C'en est donc fait !.... je ne vous verrai plus,
     Objets sacrés, sainte patrie,
     Foyer, soleil, terre d'amour,
D'illusion, de-parfum , d'ambroisie !
     Toit antique où je vis le jour ,

Où des mères la plus chérie
Allaita mes destins naissants,
Et, près de mon berceau, caressante, attentive,
Épia, recueillit, de ma bouche naïve,
Et le premier sourire et les premiers accents!
Infortunée! hélas, sa main sexagénaire
Ne me pressera plus contre son sein de mère;
Et quand le ciel viendra finir
Sa longue et pénible carrière,
Je ne serai point là pour l'aider à mourir!
Pour recevoir cette étreinte de flamme,
Ce saint baiser où l'âme aspire l'âme,
Et le dernier regard et le dernier soupir!

O vents! que faites-vous dans vos sombres retraites?
J'invoque votre appui, votre immense pouvoir;
Hâtez-vous, roi des mers, déchaînez les tempêtes,
Et la vague du désespoir!

Béni sera le flot qui finira ma vie!
Peut-être moins cruel que mes persécuteurs,
Il me rejetera sur la rive chérie

Où ma mère succombe au poids de ses douleurs !
Là peut-être au malheur quelque Français fidéle
Recevra mes débris avec un soin pieux,
    Et les déposera prés d'elle,
Sous le cyprés témoin de nos tristes adieux !

. . . .

Serait-ce un rêve ? O ciel ! touché de ma misére,
    Quel ange, quel dieu tutélaire
Daigne me secourir dans mon adversité ?
Ne me trompé-je point ? non ; c'est là ma patrie (1) :
Voilà son ciel d'azur, son aspect enchanté ;
Voilà le vert coteau, le jardin, la prairie

---

(1) Oui, l'on ne nous parle que des travaux de ceux qui sur-
vécurent dans une nouvelle patrie ; mais, hélas ! qui peut comp-
ter ceux dont les cœurs se brisèrent en silence après le départ, et
qui périrent de cette affreuse maladie qui présente l'aspect des
vastes prairies de la terre natale, sur l'abîme des flots, et qui
produit une telle illusion pour le malheureux exilé, que dans
son délire on a mille peines à l'empêcher d'y porter ses pas.

BYRON.

Que ma main tant de fois a dépouillés de fleurs !
Quel cri !.... Que ta faveur, ô mon Dieu, soit entière !
C'est elle !.... c'est sa voix à mon âme si chère :
            Ah ! cessez de verser des pleurs !
Le Ciel nous réunit, ô patrie ! ô ma mère !...

Et déjà dans les flots, par le charme entraîné,
L'exilé s'élançait palpitant d'espérance ;
Il avait cru revoir l'ange de son enfance ;
Son bon ange, sa mère, et ce lieu fortuné
Qui tressaillit de joie au jour de sa naissance.
Mais d'invincibles nœuds l'enchaînent au vaisseau.
En vain il se débat, gémit, pleure et supplie,
Pour lui sur cette terre il n'est plus de patrie,
La main de l'étranger creusera son tombeau.

II.

L'Exil.

C'est l'heure mystérieuse
Où la nuit silencieuse
S'avance à l'horizon belle sous son manteau;
L'heure où du fond des campagnes
Et du sommet des montagnes,
Le berger glorieux, aux sons du chalumeau,
Au toit accoutumé ramène son troupeau.

C'est l'heure où de la nature
Une voix suave et pure

Comme l'arôme et le miel,
Monte, monte vers le Ciel,
Comme une prière immense,
Un chant de reconnaissance
Que tout être qui vit et respire en tout lieu
Entonne avec amour à la gloire de Dieu.

C'est l'heure où la cloche sonne
L'angélus tendre et pieux ;
Où le bocage résonne
Des concerts délicieux ;
Que sur la branche jalouse,
Ainsi qu'une jeune épouse,
Chante toute la nuit le triste rossignol,
Comme pour son andalouse
Chante sous le balcon l'imprudent Espagnol.

C'est l'heure où la gaîté brille
Près de l'âtre où la famille
Radieuse vient s'asseoir ;
C'est l'heure où l'on se rassemble,
Où la jeune fille tremble

Quand la vieille redit au foyer du manoir,
Pour la centiéme fois, l'effrayant conte noir.

     C'est l'heure où de ses mains pleines,
     Laissant tomber ses pavots
     Sur les monts et sur les plaines,
     Sur les bourgs et les hameaux,
     Sur le palais magnifique
     Et la chaumiére rustique,
Le sommeil, plus puissant que toutes les douleurs,
Porte aux mortels charmés l'oubli de leurs malheurs.

     Pour l'exilé c'est l'heure amére
     Où son cœur, qu'il sent défaillir,
Ressent toute l'horreur de la terre étrangère;
     Où, plus ardent, le souvenir
     De sa patrie et de sa mére,
     De toutes parts vient l'assaillir!

     L'exilé n'a point de famille!
     Dans l'affreuse longueur des nuits,

Pour lui point de foyer où le sarment pétille,
De visages amis où l'allégresse brille,
Et charme ses profonds ennuis.

Errant, il s'en va sur la terre,
L'œil humide, le front baissé,
Seul, comme sous le poids du marbre tumulaire,
Le pauvre trépassé.

Quand le sommeil parfois vient fermer sa paupière,
Et verser sur son cœur son arôme divin ;
Il a, comme Jacob, un oreiller de pierre
Pour reposer sa tête aux bornes du chemin.

Aux banquets pour lui point de place !
Si devant les maisons quelquefois il s'assied,
Ainsi qu'Ahasvérus, au Christ, on lui dit : Passe !
Et l'eau soudain versée à grands flots sur sa trace,
Lave l'endroit maudit où se posa son pied.

Où va ce léger nuage,
Ce nuage pâle et noir,

Qui dans la céleste plage
Glisse et fuit comme le soir ?
Glisse et fuit, l'aile mouillée,
Parmi la verte feuillée,
L'oiseau que l'orage gris,
Dans ses courses a surpris.

Le pâle et léger nuage
Vole vers le doux rivage
Où mes yeux virent le jour.
Vole, vole, heureux nuage,
Bon voyage, bon voyage,
Au pays de mon amour !

Où va cette grande étoile
Aussi pure que le voile
De la vierge de douze ans
Qui va, sous ses habits blancs,
De Dieu chanter les louanges,
Et du saint banquet des anges,
Ravis de posséder une semblable sœur,
Pour la première fois partager la douceur ?

L'étoile grande et splendide
Glisse, en son essor rapide,
Vers les bords aimés toujours,
Où de mon heureuse enfance,
Comme un ruisseau suit son cours,
Comme fuit une espérance,
S'envolèrent les beaux jours.

Bon voyage, belle étoile,
Poursuis à travers les cieux
Ton essor harmonieux ;
Ainsi que la blanche voile
Que sur le dos uni de la mer de saphir
Pousse à travers les flots le souffle du zéphir.

Moi, je ne puis te suivre en ta course lointaine,
Tel astre aux rayons d'or ;
Des méchants la race inhumaine,
Comme le prisonnier aux anneaux de sa chaîne,
M'a classé sur ce triste bord.

Dieu me l'avait prédit dès longtemps, dans un rêve,
Un rêve que l'horreur dans mon âme grava

L'EXILÉ.

Comme avec la pointe d'un glaive,
Et dont le souvenir toujours me restera.

Je m'étais endormi sur ma couche légère,
Dans ces pensers si doux que les anges du Ciel,
Sur leur langue dorée et leurs lèvres de miel,
Apportent aux enfants, ces anges de la terre.

Ma mère avait veillé debout près de mon lit,
Des jeux de ma journée écoutant le récit,
Et m'embrassant, tendre et joyeuse,
Jusqu'au moment où de sa main
Aussi douce que le satin,
Le sommeil vint fermer ma paupière soyeuse.

Mais au lieu de mes songes d'or;
Au lieu des papillons, des oiseaux et des anges
Qui, chaque nuit, prenant ensemble leur essor,
Devant moi défilaient en brillantes phalanges,
Je fis un rêve affreux. Des hommes tout sanglants,
Et portant à la main d'épouvantables armes,
Ma mère, entre tes bras tremblants
Étaient venus me prendre, et riant de tes larmes,

De tes cris douloureux, aussi prompts que l'éclair,
    M'avaient à travers les ténèbres,
Emporté loin, bien loin, dans un vaste désert;
    Un désert aux plaines funèbres,
    Un désert sans ombre et sans fin,
    Où, seul, accablé de souffrance,
    Comme Ismaël, sans espérance,
Je me sentais mourir et de soif et de faim.

L'épouvante bientôt m'éveilla; mais ce songe,
Qui ne fut pour l'enfant qu'une erreur du sommeil,
Un fantôme trompeur, un pénible mensonge,
Une image lugubre effacée au réveil,
Pour l'homme, en vérité terrible, inévitable,
S'est changé : le désert, l'exil inexorable
Tient sa proie; et jamais peut-être mon regard
Ne verra d'autre lieu que cette mer de sable;
O mon Dieu, secours-moi comme le fils d'Agar !

III,

L'Exilé et la Tourterelle.

L'EXILÉ.

Ne t'effarouche point, aimable tourterelle,
    Tu peux m'attendre sans effroi,
Je suis un exilé, ma main n'est point cruelle,
Je veux m'entretenir un instant avec toi.
    Oh ! ne détourne point la tête !....
Ton regard me plaît tant !... Quoi ! tu fuis, tu t'en vas !
Je t'en conjure, arrête, un seul instant arrête ;
Puisque je te fais peur je n'approcherai pas !

D'où viens-tu, bel oiseau? dis-moi quels vents propices ,
De leur souffle béni dans ces lieux t'ont porté ?
    Où vas-tu jouir des délices
    Et du printemps et de l'été?

LA TOURTERELLE.

Bon exilé! je viens d'une rive lointaine
Où sous un ciel de feu , tristes, coulaient mes jours ;
L'an dernier je naquis sur les bords de la Seine ;
L'hiver m'en éloigna , le printemps m'y ramène :
    Que ne puis-je y rester toujours !
Nul soleil n'est si doux que le soleil de France !
Nul pays à mes yeux n'est si beau que le lieu
Qui porta mon berceau , sourit à ma naissance ;
Je m'en vais le revoir, porte-toi bien ; adieu.

L'EXILÉ.

    Ah ! par mes pleurs , je t'en supplie
Encore une minute , écoute , écoute-moi !
    La France est aussi ma patrie ,
J'ai vu naître et mourir l'aurore de ma vie ,
    Près de la Seine, comme toi !

 L'EXILÉ.

La nature en naissant nous a faits sœur et frère ;
O ma sœur ! si jamais dans le bois séculaire,
Où tu vas soupirer tes innocents amours,
Gémissante tu vois errer ma pauvre mère,
Dis-lui que son enfant vit et l'aime toujours ;
    Dis-lui d'espérer et d'attendre ;
Si l'un à l'autre un jour le Ciel daignait nous rendre !...
    Dis à la France tous mes vœux ;
    Et lorsqu'à l'automne prochaine,
    Tu repasseras dans ces lieux,
Viens te désaltérer encor à ma fontaine,
Du pays longuement nous parlerons tous deux.

LA TOURTERELLE.

    Pauvre exilé ! mon frère, à ta patrie,
Je redirai bientôt tes vœux et tes malheurs ;
Et si je puis trouver ta mère tant chérie,
Mes chants adouciront ses cruelles douleurs.

L'EXILÉ.

    Ah ! que le Ciel te récompense,
Toi qui daignes ainsi compatir à mon sort !

Comme ta douce voix allége ma souffrance,
Ma sœur ! je ne sens plus le fardeau de la mort.
Mais quoi ! déjà tu pars ! Oh ! que n'ai-je des ailes
Pour voler sur tes pas aux plaines maternelles !
Adieu ! que le zéphir, dans son souffle embaumé,
Te porte heureusement au but de ton voyage.
Que la France bientôt t'offre son doux rivage,
Son air suave et pur, son soleil bien aimé !

IV.

La Mort de l'Exilé.

Heureux qui, sous le toit où vécurent ses pères,
Peut remplir ses destins malheureux ou prospéres !
La patrie est un baume à toutes les douleurs ;
    Sur tous les chemins de la vie ,
Sa main, de loin en loin, fait naître quelques fleurs.
Et quand elle sourit à son âme attendrie,
    Le dernier des mortels oublie
    Et sa misère et ses malheurs.

Et loin d'elle tout est muet dans la nature,
Aucun oiseau du jour n'annonce le réveil,
Le Ciel est sans rayon , la terre sans verdure,
    Plus d'aurore , plus de soleil !

Plus de ces douces voix de femme,
Dont la mélodieuse et suave langueur
Vous ravit dans les cieux sur son aile de flamme,
Et comme l'ambroisie enivre votre cœur !

Plus de ces bouches sourieuses
Dont l'haleine nous embaumait ;
De ces larmes délicieuses
Qu'un sein paternel recueillait.

Plus de ces caresses de mère
Dont le charme ne meurt jamais ;
Plus de tendre sœur, plus de frère,
Pour partager les maux que le sort nous a faits.

Et le jour lentement comme un siècle s'écoule,
Et seul, au milieu de la foule,
L'exilé cherche son pays ;
C'est vers lui que ses yeux se tournent à l'aurore,
Et pensif et pleurant sur les grèves assis,
C'est à lui que le soir son âme rêve encore !
Si jamais son regard étendu sur les mers
Voit s'avancer au loin dans le vague des airs,

Quelque oiseau fuyant la tempête ;
Il l'appelle , il l'implore , à l'accueillir s'apprête ;
Et si las de sa course ou pressé par la faim ,
L'oiseau ferme son aile et prés de lui s'arrête ,
Quelles larmes, quels soins, quels transports, quelle fête!

Oh! c'est que l'oiseau pélerin
A passé le printemps sur la terre bien chére,
Sous les riants berceaux où le pauvre exilé,
Enfant , jouait avec sa mére ;
Et son cœur oubliant un instant sa misére,
Tant de beaux jours s'est rappelé !
Mais loin de lui l'oiseau rassasié s'élance ,
Comme l'infortuné le suit dans son essor !
En vain il a sombré sous l'horizon immense ,
Son œil le suit toujours et croit le voir encor.

Il ne le verra plus.... Une invisible chaîne ,
Par degrés chaque jour dans la tombe l'entraine !
Penché sous le fardeau de sa longue douleur ,
Voyez, sur ses genoux il se soutient à peine ,
Et l'espérance même est morte dans son cœur.
Le voilà couché sur la terre ;

Pas de soins, pas de pleurs, pas de baisers d'adieux ;
Contre un sein maternel pas de bras qui le serre,
    Pas d'ami pour fermer ses yeux !

    Ah ! quelle bouche pourrait dire
Les tourments du proscrit à l'heure qu'il expire !
Ses pleurs, son désespoir, son râle déchirant :
Rien pour lui n'adoucit cet effroyable instant.
    Il épuise jusqu'à la lie
La coupe des douleurs, le fiel de l'agonie ;
    Sa voix éteinte, avec effort
Murmure encor les noms de mère et de patrie,
C'est pour elles, hélas ! qu'il voudrait fuir la mort.

Vains désirs ! vains regrets ! la mort qui l'environne
A jeté sur son front sa pénible couronne,
Son âme en gémissant dans les cieux a volé !....
    Toi qui passes, pitié ! bonne étrangère !
      Daigne couvrir d'un peu de terre
      La dépouille de l'exilé !

    Ah ! qu'elle ne soit point laissée
    En proie aux vautours dévorants,

Cette tête, palais, trône de la pensée,
Ces cheveux que l'exil blanchit avant le temps,
          Ces yeux où rayonnait une âme,
Et ce sein sous lequel battait un cœur de flamme!

          Bien !.... Dépose les doucement
Sous cet arbre de deuil, près de cette fontaine
          Dont l'onde claire a si souvent
          Rafraîchi sa brûlante haleine.

Et toi, dans ton sommeil, dors libre et consolé :
          La main de la bonne étrangère
          T'a recouvert d'un peu de terre,
          Dors en paix, ô pauvre Exilé !

FIN DE L'EXILÉ.

Le bec de Gaz et le Réverbère.

FABLE.

Découverte moderne,

A l'agrément surtout joignant l'utilité,

Un bec de gaz très-vain de sa vive clarté,

Raillait un réverbère à la lueur si terne :

« Voisin, lui disait-il, franchement, je vous plains ;

Pour vous de plus en plus sont cruels les destins :

Votre origine,

Et gothique et mesquine,

Rappelle trop le bon vieux temps

Où l'on charmait à peu de frais les gens. »

Piqué d'une telle insolence,

Le réverbère répondit :

« L'expérience

Déjà vous contredit ;

Car, l'homme sage

Redoute un brillant, mais dangereux éclairage.

Le Pêcheur somnambule.

FABLE.

Le vieux Martin passait sa vie
A tendre, à jeter ses filets ;
Après bien des ahans, l'âme toute ravie,
Parfois il emportait carpes, voire brochets.
Oh ! c'était fameuse ripaille
Sous le vieux chaume noir,
Quand la perfide maille
Avait peuplé le réservoir.
Mais depuis quelques mois Martin perdant le somme
N'entonnait plus un gai refrain.

La fortune pourtant favorisait notre homme,

Mais, hélas ! c'était bien en vain.

Or, voici l'aventure :

Un esprit, un démon

Volait tout le poisson,

Dés que le jour fuyait devant la nuit obscure.

Martin se lamentait,

Et grandement pestait,

Quand de son épaisse cervelle

Jaillit une subite et très-vive étincelle ;

C'était un beau matin :

« Parbleu ! tendons un piége,

Se dit-il, et trop fin

Si l'auteur du larcin

Ne s'y laisse pincer. » Un tel projet allége

L'énorme poids de ses soucis :

Il met la main à l'œuvre, et tout ivre de joie

Rentre au logis.

Aussitôt que la nuit déploie

Ses voiles rembrunis,

Martin s'endort bercé par l'espérance,

Et ronfle en rêvant de vengeance.

Il est minuit,

Soudain un affreux bruit

Réveille la bonne Martine.

« Au meurtre ! ... on m'assassine !

— Seigneur Jésus !... C'est bien sa voix ! »

Et la pauvre vieille aux abois,

Malgré la bise,

Nu-pieds, n'ayant que sa chemise,

D'un bond arrive au réservoir.

Spectacle horrible à voir !

Martin était un somnambule

Qui, plus ou moins, après le crépuscule,

Donnait la liberté

A ses prisonniers aquatiques.

Martine, en ces moments critiques,

Avec non moins de fermeté

Que de prudence ou bien d'adresse,

Délivre son époux

Des dents d'un piége à loups.

Cette fable s'adresse
A certains fous
Dont l'univers abonde :
Souvent et de mainte façon,
Du réservoir on peut ôter la bonde
Et perdre le poisson.

La Ville et la Campagne.

FABLE.

Le printemps était de retour ;

De toutes parts souriait la nature ;

Sous la feuillée, une cadence pure

Annonçait lentement les premiers feux du jour.

Au sein d'une cité riche , pompeuse immense ,

Le mouvement commence ;

Les précieux produits des arts

Sont offerts à tous les regards.

La ville alors , comme un paon qui se mire ,

Pleine d'orgueil s'admire ,

Et dit : « Je suis la reine de beauté ;

Au prix de moi les champs n'ont plus de volupté :

Aussi comment quelques poëtes

Osent-ils célébrer d'insipides retraites ?

Comment l'homme, fuyant mes superbes attraits,

Ose-il habiter montagnes et forêts ? »

De cet injurieux langage

Les échos frappés tour-à-tour,

Murmurent au fond du bocage

Où la campagne a fixé son séjour ;

La rustique répond à sa noble rivale :

« Dame de grand renom,

Oui, vous avez raison ;

Montrez avec orgueil la pompe orientale,

De vos palais vantez la masse colossale,

Je vous en fais mon compliment :

Toutefois, dites-moi comment

Allier la misère

Au luxe dépravé ?

Allons, ma chère

Votre ton est un peu trop élevé. -

—Qu'entends-je? est-ce bien toi, triste et froide nature,

Qui m'insultes avec dédain ?

Pourrais-tu comparer tes moissons, ta verdure

Aux chefs-d'œuvre divers renfermés dans mon sein ?

Ne suis-je pas mère conservatrice

De l'industrie et des beaux-arts ?

Qui de nous deux est la dispensatrice

Des honneurs réservés aux nobles fils de Mars ?

Ma gloire,

Depuis longtemps fait palpiter les cœurs ;

Le bronze, le ciseau, la peinture et l'histoire

Ne m'ont pas épargné d'énivrantes faveurs !

— Noble dame, pardon !... Quant à votre origine,

A votre ancienneté,

N'en soyez point chagrine,

Je crois avoir sur vous la primauté :

De tout je suis la mère primitive.

Ah ! que deviendrais-tu, folle, sans mes trésors !

Sans la charrue active,

Tout languirait bientôt dans tes stériles ports :

Pourquoi cette arrogance ?

Je ne me pique point d'une vaine science,

Mais je sais me suffire et ne manque de rien ;

Peu m'importe l'émail d'une leste pendule,

      Sous mon chaume l'homme de bien

    S'éveille et s'endort sans nulle inquiétude.

        Jamais l'ambition,

        La basse jalousie

       Ne troublent sans raison

Ceux qui foulent gaîment une verte prairie.

   — Impertinente, oses-tu répéter

De certains fous les frivoles maximes ;

Dès qu'ils ont entendu quelques oiseaux chanter,

Leurs yeux versent des pleurs sur mes prétendus crimes :

      A la civilisation

     Quand je donne l'impulsion,

     Peu m'importent les clameurs vaines

Dont les échos bavards font retentir les plaines.

     — Fadaises que cela !

Non, de votre clinquant je ne suis point jalouse ;

A vos titres pompeux , au plus brillant gala ,

Je préfère un haut-bois et la simple pelouse.

𝕷𝖊 𝕾𝖎𝖓𝖌𝖊.

—

ANECDOTE.

Que j'aime l'animal qui, par sa gentillesse,

Ses grimaces, ses bonds et sa brillante adresse,

Sait imiter en tout les mouvements humains :

Ainsi que l'homme, il marche et se sert de deux mains.

Le père Caubasson raconte mainte histoire

Que, sans un tel témoin, nul n'aurait voulu croire.

Ce prêtre avait un singe agile, très-rusé,

Et qui près de son maître était souvent placé ;

Aussi, quand l'homme saint se rendait à l'office,

Enfermait-il Joko si fécond en malice.

Un dimanche, pourtant, l'espiégle s'échappa,
Et, sans être aperçu, sur la chaire grimpa :
Le drôle s'y tint coi : mais à l'heure du prône,
Sur le dais on distingue une face bouffonne
Qui fait rire aux éclats le plus froid auditeur :
Le père surpris, tonne, en changeant de couleur ;
Le singe gesticule, enflammé de colére,
Se démène en tous sens et fait ce qu'il voit faire ;
Le scandale augmentait, quand le vieux sacristain
Signale au révérend le singe libertin :
Le bon père sourit, et conduit à la porte
Le muet orateur qu'un domestique emporte.

9 782019 256111